太陽長腳了嗎？

給寶貝的第一本童詩繪本

黃友玲／文　黃崑育／圖

仙女媽媽

西松高中校長 羅美娥

　　《太陽長腳了嗎？》書中有位媽媽，彷彿甘於平凡的仙女，只為造就孩子成長，但是在忙碌、瑣碎的生活中仍不失仙女獨有的巧思與創意，為寶貝們編織了一個個嶄新而繽紛多彩的美麗仙境。她捕捉孩子的獨特語言、特殊笑容、剎那童趣，以淺顯易懂的文字創作出雋永的短詩。這些詩可誦讀，也可默讀，配合插畫欣賞，更能激發孩子的想像力與好奇心。特別的是，書中附有「動動腦」和「著色頁」，作為閱讀之後的討論題目與創作園地。

　　無疑地，這是一本適合孩童閱讀的繪本，能讓孩子們認知周邊充滿了新鮮事物，體會到幸福感。親子或親師共同進行動動腦或是著色頁，可增進親子或師生關係。另外，這也是適合大人閱讀的讀物，從字裡行間可以找到那個幾乎失落的自己，那個幾乎被自己遺忘的成長過程。

　　作者是一位親自教養三胞胎的母親，她所付出的體力與精神是一般母親的三倍，她何來的時間、智慧與靈感，能夠在忙碌的生活中尋找創作的泉源？再者，她不只是犧牲自己、成全孩子的母親，更是具有敏銳觀察力並發展出新見解的人

類學家（The Anthropologist）；巧妙地引導孩子穿梭在自然、人文、藝術各領域中的異花授粉者（The Cross-Pollinator）；擘劃孩子的成長藍圖，並有充滿創意教養方案的導演（The Director）；致力於打造更好學習環境的舞台設計師（The Set Designer）；細心觀察，預先設想孩子需求的看護者（The Caregiver）；善於透過生動故事，提振學習動機的說故事的人（The Storyteller）。

令人好奇的是，仙女媽媽那份犧牲的愛與多元的能力從何而來？得以如此寬廣？如此厚實？讓我們泡杯茶，拿起《太陽長腳了嗎？》這本童詩，進入她所勾勒的美麗世界，探尋這股偉大力量的來源吧！

陪 孩 子 讀 詩

資深編輯 邵正宏

好久沒有讀到這麼可愛的詩句，黃友玲寫的童詩，讓我彷彿回到孩子的童年，再次看到他們的笑靨。

「詩」是甚麼？詩是媽媽口中溫暖的語言；詩是爸爸大手擁抱的樂園。詩是滋潤喉頭甘甜的清泉；詩是愛意化作天使，跳動在字裡行間。

有了詩，生活增加更多浪漫的美。

有了詩，話語從此與可愛接軌。

有了詩，淚水多了一處奔流的方向，

有了詩，喜樂的潮水永遠不會撤退。

我喜歡詩，不僅僅因為詩裡的意境，更因為詩句讓人朗朗上口，令人回味！

自從作了爸爸之後，我更喜歡為孩子讀詩，喜歡拉著孩子的小手搖頭晃腦的念詩。走在路上，可以天花亂墜的隨意將文字湊成一句，或者福至心靈的把話語標新立異。因此甚麼「太陽公公」、「雲彩婆婆」、「小雨天使」、「樹葉哥哥」一個個出現在我與孩子的話語之中。而時間、空間也不再是限制，反而是我與孩子自由飛翔的創意來源。

「把拔，如果有一天我躺在雲彩婆婆的手中睡著了，你可以開飛機來接我。」

「接你何必開飛機？直接伸長把拔的大手，把你拿下來不就好了！」

「你哪可能把手伸那麼長呀？而且如果中間有隻很大的鳥來咬你的手，把我抓走怎麼辦？」

「如果那隻鳥要來咬我的手，把拔就會跟牠說，你不要吃我的手，我的手是橡皮筋，你咬不斷，歡迎你到我家來，我家有很多更好吃的東西，有胡蘿蔔、有花椰菜、有棉花糖、有你最愛的五穀雜糧。」

「把拔，那如果……」

一個個「如果」從孩子口中拋出，讓我多了許多與孩子似玩笑又不是玩笑的對話、似玩耍又不是玩耍的遊戲。

作為一個爸爸，當然對孩子的發展會有期待，當然也會在意他的學習成績。但每每在孩子口中聽到一句如詩一般的語句，雖然可能無俚頭，也或許不合邏輯，但卻往往讓我心頭為之一顫，深感這才是上帝賜給孩子最特別的天賦。

閱讀黃友玲這本童詩的過程中，令我深深感受到一個母親濃得化不開的愛。孩子的成長、孩子的跳躍、孩子的玩偶、孩子的想像，全都成為最美的文句。媽媽不僅是美麗的仙子，也是孩子的心靈導師，孩子住在巨人國裡，媽媽是漂亮的巨人，即便在遊樂園玩得不亦樂乎，依舊想念在媽媽的懷裡聽故事，每天都感到時間過得太快，忍不住問媽媽：「太陽長腳了嗎？」

黃友玲的童詩道盡了孩子生活中的點點滴滴，描繪了父母看著孩子長大的欣喜。一首首的詩，是孩子成長的養分、是父母愛意的表達，與孩子一起讀詩，我相信，那太陽絕對是長了腳的！

太陽長腳了嗎？

黃友玲

太陽長腳了嗎？我想是的！

這本詩集我從懷孕開始寫起，那時，三個孩子在我腹中，只有指尖大小，我每早晨醒起，看著陽光灑進來，在絢爛的光芒中，我有一種異常幸福的感覺，三個孩子啊！

每天，我看著太陽升起，太陽落下，我因懷三胞胎必須臥床，不得自由活動，我感覺日子好漫長、好難熬，像是鐵窗裡的犯人，只能遙望外面世界的花花綠綠；但另一方面，弔詭的是，我情願懷著他們直到地老天荒，因為這種親身體驗生命奇蹟的感覺，太美妙了！我常對上帝有一種驚愕顫慄的敬畏之情。

直到三胞胎足月而生，我的精彩生活來了，三個人哭著要喝奶，三個人鬧著要媽媽，我們的家裡頓時成了音樂廳、歌劇院，交響樂、獨唱曲、二重唱、花式女高音此起彼落，觀眾席是滿的，安可聲是常有的，

更多的是歡笑聲，一個擁有三胞胎的家，那熱鬧繽紛是無法言喻的！

於是，孩子在我臂彎時，忙碌的空檔時，夜深人靜時，我寫下了一首又一首的童詩，我急欲分享的是母親的喜悅和對生命的讚嘆。

三個孩子從嬰幼兒到學齡前，我帶著他們，不論何往，人們多以為我是幼稚園老師，帶小班出遊。接著上了小學，接著是中學，三個人現在都比我高了，我常看見兩個兒子玩在一起，成熟低沉的聲音叫我忍不住竊笑，而女兒面龐身材之姣好卻叫我又憂又喜。我常回顧他們成長的照片與影片，驚覺太陽真的是長腳的，那長腳一跨，已經十四年過去了。這本詩集記錄一個母親撫養孩子的甜蜜與欣喜，雖然過程中有時候覺得肩頭的擔子是那麼地沉重，然而，這一切都因著上帝的恩典，化為快樂愉悅的回憶了。

太陽當然是有腳的，無論是孩子們貪玩，不想睡覺的夜晚，或是我倚著窗緣，看著太陽又再次落下的剎那。太陽啊！別跑那麼快呀！

黃 友 玲

國立政治大學傳播碩士
曾獲台灣省優良文學獎
佳音廣播電台主持人
基督教台灣貴格會合一堂師母

著作

「陽光情事」「祝春天快樂」、「我的夢想在遠方」、
「每天善用一點情」、「真情故事」、「靈感無限」、
「Win Ten 穩得勝者的十種態度」、「40天微進修」、
「妳！就是貴婦！」、「教養是一把金鑰匙」、
「花園開在口袋裡」等書。

翻譯

「茶花女」、「咆哮山莊」、「紅字」、「簡愛」、
「天路歷程」等世界名著。

E-mail／hesaveme3@gmail.com

黃 崑 育

曾任

歐美禮品公司設計師
畫室教師

曾與何嘉仁、吉的堡、翰林、康軒文教等合作出書

作品網址

http://www.heyshow.com/
browsing/16685/

那只是一剎那
就像是一朵花的開放
又像是海浪的衝撞

你睡著了
睡得那麼熟那麼香
但是忽然間
你笑了
就那麼一下
我才想捕捉
卻已經結束

一剎那

寶貝
你作了一個好夢嗎
是夢見你最愛的玩具
還是你最愛吃的點心
因此你忍不住笑了
在睡夢裡
笑得那麼甜
那麼燦爛

我的熊熊

我的熊熊
是我的心肝寶貝
每一天
我都要抱著牠
夜裡陪牠睡覺
白天跟牠玩耍
就是出門
我也要帶著牠
每一時每一刻
我都不能離開牠
牠是我最好的朋友
我要跟牠說我的祕密
因為牠也把牠的祕密
說給我聽

我最喜歡躺在媽媽的臂彎裡
那裡有一個美麗的世界
有花有草有鳥有魚
還有好多我喜歡的動物
我和他們一起唱歌
一起玩耍
每一天
我只要閉上眼睛
我就會來到這個世界

媽媽的歌兒哼著呢
我的眼皮越來越不聽話了
眼皮好重好重
我想睡了
我真的睡了
我到夢裡去了

媽媽的臂彎

翻頁

胖胖的小手
你正一頁頁地翻書
這是你人生探索的開始
書本將帶你
進入另一個豐富的世界
你會像一隻快樂的小鳥
自由飛翔
探尋那世界的瑰麗與奇妙
有的時候
你會感動不已
有時你又會大笑不止
文字的魔力正在向你展現
這一生你不論往那裡去
一本小書將隨著你
讓你行走在雲端
以一種驚奇的眼光
瀏覽歷史
觀看世界

夢的呼喚

聽見嗎
夢正在呼喚你
它說
到我這裡來
我帶你到處去遊玩
明亮的大森林
愛唱歌的小溪
散佈著彩色石頭的彎彎海岸
還有還有
垂直著各式積木的山峰與山巔
你該知道
當你閉上眼睛
有另外一座漂漂亮亮的世界
等著你
只在眼睫之間
孩子
只要你閉上眼
神奇之旅就要開始
只要你閉上眼
夢的世界就屬於你

盛宴

一天天一點點
你正在認識這個世界
有美麗的花朵
有翩飛的蝴蝶
有可愛的動物
還有亮晶晶的星星
誰能創造出這樣一個奇妙世界呢
除了上帝以外
除了那位全能者
無人有此智慧與能力

在你未出世前
祂已經為你預備了一切
只等你的來臨
等你的驚呼
等你急著觸摸的小指頭
那位上帝
一定因此而滿足地笑了
因為
祂是如此愛你
祂要你盡情享受祂的盛宴

23

你的一雙小腳

你的一雙小腳
成形在媽媽肚子裡
一公分兩公分
慢慢長大

你的一雙小腳
安穩臥在媽媽的懷裡
今天藍襪子
明天綠襪子
你的一雙小腳
顫抖著學習走路
今天一步
明天三步

你的一雙小腳
站著跳著跑著
追著蝴蝶
追著鳥

你的一雙小腳
走向人生的學校
穿著球鞋
穿著皮鞋
快步向前跑

牠們在哪裡？

請將下面圖中，最右邊的小動物畫○，最左邊的小動物畫╳。

缺了什麼？

下面的圖片缺了一塊，請找出缺少的那一塊，
並用筆圈起來。

美麗的仙女

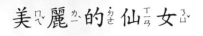

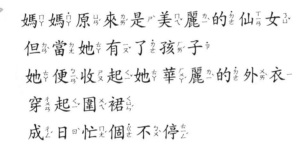

媽媽原來是美麗的仙女
但當她有了孩子
她便收起她華麗的外衣
穿起圍裙
成日忙個不停

孩子唱唱跳跳
孩子牙牙學語
都讓媽媽又高興又歡喜
她漸漸地忘記
自己原來是個仙女

當孩子漸漸長大
媽媽也漸漸改變
她再也穿不下那華麗的外衣
她的記憶模模糊糊
再也找不著
那條回仙境的小路
但是在仙女的心裡
她卻是那麼滿足
因為對孩子的愛
使她感到幸福

仙女甘於留在人間
甘於每日柴米油鹽
甘於成為平凡
每日低垂著溫柔的眼睫
為孩子祈求
健健康康地長大

每個孩子都是一隻彩色毛毛蟲
在花園裡爬呀爬
不時抬頭望望蔚藍的天空
覺得天那麼高那麼高
什麼時候才能在那裡翻滾玩耍

只是這個時候
誰會注意一隻毛毛蟲呢
牠的身軀肥胖
走路的樣子真難看
沒有人會為牠唱一首歌
或是為牠寫一首詩
牠總是在世界的角落裡
沒有人會注意牠的行蹤

只等到牠從蛹裡掙出來
羽化成了一隻豔麗無比的蝴蝶
展翅向藍天飛去
人們這才說
我早就說嘛
可別看不起一隻毛毛蟲

彩色毛毛蟲

太陽長腳了嗎

媽咪，太陽長腳了嗎
為什麼他跑得那麼快
早上不是才剛剛天亮
一下子就天黑了
我想要玩久一點呢
怎麼這麼快
這一天就結束了
我就得上床睡覺

媽咪，我想
太陽一定是長了腳的
而且是飛毛腿
他來了
他走了
都叫人來不及仔細看他
來不及跟他做個朋友
他為什麼這麼忙呢

他是不是像我
每天，我還有好多事要做呢
給小狗狗梳毛
給洋娃娃穿衣服
蓋一座大城堡
叫我的動物們排排站
還要畫一道漂亮的彩虹

可是偏偏太陽是長腳的
白天那麼短
黑夜來了
我只有到夢裡去玩吧

33

巨人國

我住在巨人國裡
巨人國裡有
大沙發大桌椅
大衣櫃大抽屜
巨人打嗝像打雷
巨人走路像地震
巨人洗澡像下雨
巨人笑起來掀屋頂
巨人就是我爸爸
他一個手掌
就可以把我舉起
我的媽媽是漂亮的巨人
她最喜歡
跟我玩親親遊戲
我是巨人國裡的小寶貝
巨人們告訴我
以後我也會變成一個巨人
去建立一個巨人國

彩色氣球

吹一口氣
再吹一口氣
一個彩色氣球
就升了起來
輕飄飄地
一會兒東
一會兒西
你幾乎抓不住它
它卻更吸引你
瞧！它的顏色那麼豔麗
它的形狀真是可愛
因此你只想把它抱在懷裡
誰知你只輕輕一捏
「砰！」地一聲
彩色氣球破了
滿地是它的碎片
你哇哇大哭起來
你這才明白
有些漂亮的東西
別去佔有它
只能欣賞它

好朋友

拉起你的手
讓我們做好朋友
就是你和我
一起向前走

一塊兒玩遊戲
一塊兒捏黏土
一塊兒尋寶藏
一塊兒堆積木
好朋友！好朋友
你是我的好朋友
我告訴你悄悄話
你告訴我你的夢話
我們偷偷藏在心裡
絕不對別人說
你跌倒了
我扶你一把
我走不動
你拉我一把
這就是好朋友
你和我
永遠的好朋友

我的王國

我的王國
總在半夜裡醒來
穿舞鞋的小女孩跳著舞呢
兵丁一個個齊步走
積木蓋成一個大城堡
火車頭嗚嗚地
繞著城牆跑
城外恐龍們彼此較勁
比誰厲害比誰強

這裡沒有春夏秋冬
也沒有眼淚痛苦
這裡只有快樂
還有說不完的
童話故事
好久好久以前
在一個王國裡
有小女孩
還有兵丁……

奔跑在大草原上

請找出下圖中，誰在最前面，在左邊的人旁邊空格畫○；
誰在最後面，在左邊的人旁邊空格畫×。

小士兵在哪裡？

小ㄒㄧㄠ士ㄕ兵ㄅㄧㄥ們ㄇㄣ躲ㄉㄨㄛ起ㄑㄧ來ㄌㄞ開ㄎㄞ戰ㄓㄢ了ㄌㄜ，請ㄑㄧㄥ找ㄓㄠ出ㄔㄨ小ㄒㄧㄠ士ㄕ兵ㄅㄧㄥ們ㄇㄣ躲ㄉㄨㄛ在ㄗㄞ哪ㄋㄚ裡ㄌㄧ呢ㄋㄜ？
並ㄅㄧㄥ把ㄅㄚ他ㄊㄚ們ㄇㄣ圈ㄑㄩㄢ起ㄑㄧ來ㄌㄞ。

芭比娃娃

我好喜歡我的芭比娃娃
她有長長的頭髮
好看的臉蛋
還有好多好多漂亮的衣服
我喜歡為她搭配各種服裝
就像要參加世界選美比賽
我問媽媽
我長大以後會像我的芭比那麼美嗎
媽媽告訴我
孩子
你現在就是我的芭比娃娃
你現在就是這麼美
在我心裡
你就是全世界最美的女孩

我在妳的眼裡看見我自己
幸福使妳快活
擁抱使妳嬌弱
眼底是明亮的湖泊
一抹笑是天上的雲
偶爾的哭鬧是驚人的暴風雨
每早晨我擁妳入懷
像回憶我的童年
且帶著驚奇
竟有人如此像我
像是另一個我
觀望這個世界
喜怒哀樂
我看見我的過去
妳看見妳的未來
啊
這是我的女兒

有個女兒

雨天的下午茶

我最喜歡下雨天
整個世界都濕了
只有我們家乾乾的好溫暖
媽媽在廚房煎鬆餅呢
濃濃的香味
叫我流口水
媽媽給我各種形狀
讓我試試看
我做了一個恐龍鬆餅
做了一個麋鹿鬆餅
還有一個米老鼠
配上一杯牛奶
這個雨天的下午
我和媽媽享受了快樂的
下午茶

49

我和盒子的遊戲

我喜歡盒子
大大小小的盒子
花花綠綠的盒子
有蓋子沒蓋子的盒子
長的方的圓的扁的盒子
小盒子可以裝金幣
大盒子可以玩躲貓貓
不同的盒子不同的玩法
媽媽
你千萬別丟我的盒子
盒子裡是一個奇妙的世界
有一天夜裡
我要躲進大盒子裡睡覺
那是我的神祕小屋
還有一天
我要乘著風
坐在盒子裡
到全世界去旅行

媽媽的廚房是個神奇的地方
每天變出不同的花樣
只見媽媽站著忙這忙那
不一會兒香噴噴的菜
就出現在桌上

我想吃麵
我想吃飯
我想吃雞腿
還要吃披薩
媽媽對我微微笑
轉身躲進神奇的廚房

神奇的廚房

我聽見鏗鏗鏘鏘
又聞到炒菜香
等媽媽再出現時
只見她一頭大汗
手裡端著好菜
我終於知道廚房
不是神奇的地方
是媽媽的愛
每天變出不同的花樣

小木偶

小木偶的眼睛眨呀眨地
彷彿告訴我
他多麼想當真正的小孩
真正的小孩
有愛他的爸爸和媽媽
真正的小孩
能跑能跳
白天盡情地玩耍
夜裡安穩睡在自己的小床裡
天上的星星慈祥地看著他
月亮輕輕地哼著搖籃曲
最美的圖畫就是
一個小孩甜甜地入眠

但小木偶只是木匠的作品
隨時會被修改
或是被丟進火裡燒盡
沒有人會記得
一個不起眼的小木偶
因為他只不過是一塊木頭
他沒有愛他的爸爸和媽媽

小孩才聽得見

那兩隻熊熊又開始吵架了
牆角的兵丁一言不和又打起來了
芭比娃娃選美比賽還沒結束
電話機響個不停沒人接
只因為建築師忙著蓋房子
你看積木散了一地

大人有大人的世界
只有小孩才聽得見
牆角裡
這些微小的聲音
大人有大人的高度
只有小孩的高度
才能看見這些好戲
難怪在角落裡
小孩總是又哭又笑
那是大人不能明白的
小孩的世界
就是這麼熱鬧
而且只有小孩才聽得見

盒 子 遊 戲

請數數看下圖中，幾個盒子裡面有裝著動物或人呢？

(＿＿＿＿) 個。

依位置畫圖

請_{ㄑㄧㄥˇ}你_{ㄋㄧˇ}仔_{ㄗˇ}細_{ㄒㄧˋ}觀_{ㄍㄨㄢ}察_{ㄔㄚˊ}上_{ㄕㄤˋ}邊_{ㄅㄧㄢ}方_{ㄈㄤ}格_{ㄍㄜˊ}中_{ㄓㄨㄥ}圓_{ㄩㄢˊ}點_{ㄉㄧㄢˇ}的_{ㄉㄜ˙}位_{ㄨㄟˋ}置_{ㄓˋ}，然_{ㄖㄢˊ}後_{ㄏㄡˋ}在_{ㄗㄞˋ}下_{ㄒㄧㄚˋ}邊_{ㄅㄧㄢ}方_{ㄈㄤ}格_{ㄍㄜˊ}的_{ㄉㄜ˙}對_{ㄉㄨㄟˋ}應_{ㄧㄥ}位_{ㄨㄟˋ}置_{ㄓˋ}上_{ㄕㄤˋ}，畫_{ㄏㄨㄚˋ}出_{ㄔㄨ}圓_{ㄩㄢˊ}點_{ㄉㄧㄢˇ}。

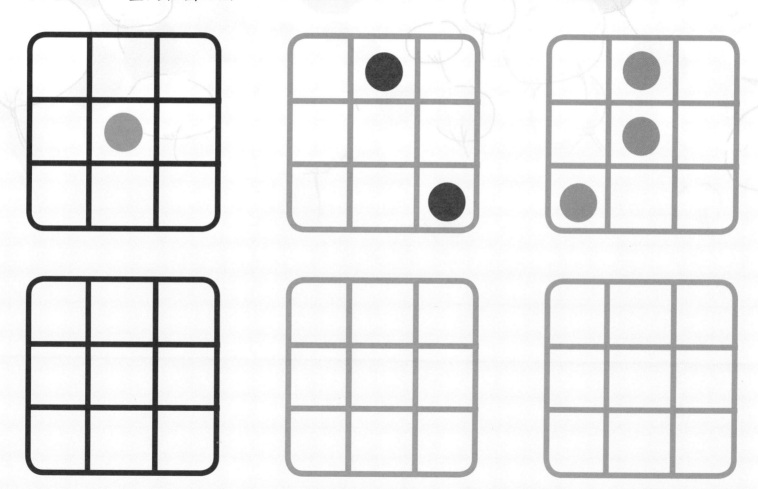

小孩的禱告

上帝每天一大早
收取小孩的禱告
那些天真可愛的祈求
孩子們說
好想吃冰淇淋啊
好想吃巧克力啊
好想得到一隻小狗狗喔
好希望爸媽和好不要吵架
好希望爺爺的病好起來
好希望自己快點長大
小孩的禱告
上帝放在心上
看！滿天的雲朵就是祂的記錄
祂要一件一件地成就
因為祂愛看孩子滿足的模樣
孩子笑了
祂也笑了

媽咪！天好高啊
我踮起腳來
還是搆不到
我往上丟一片葉子
它立刻往下掉
怎麼樣才能搆得到
那麼高那麼高的天哪

媽咪！天好高啊
飛鳥飛得到最高的地方嗎
雲朵可以偷看上帝住的地方嗎
最高的地方像甚麼樣子
有雄偉的皇宮和美麗的花園嗎
我好想到那裡去玩耍
那一定是最有趣的探險
但是，媽媽！媽媽
我要妳陪我一起去
因為我可不敢一個人
站在最高的雲朵上
往下望

天好高啊

（一）玩沙

天氣那麼好
媽咪
帶我去玩沙堆城堡
我的城堡好高好高
還有一條運河在外面
保護國王王后
還有亮晶晶的財寶

蓋房子

有時候
我也愛用模型來玩沙
長方體
圓柱體
金字塔
我是大巨人
大地就是我的家
我的大腳一踩
所有房子通通垮
別怕！別怕
這就是玩沙

（二）積木

沒有成本的房子
充滿創意的遊戲
是高樓大廈
還是城堡皇宮
愛怎麼蓋就怎麼蓋
愛蓋多高就蓋多高
蓋得不滿意
一腳踢倒
再來一次
夢想實現
就是這麼容易

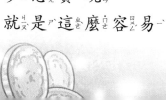

（一）怎麼這麼久才長大

長大

天亮了嗎？媽媽
我又長大了嗎
怎麼這麼久才長大
昨天我四歲
今天我怎麼還是四歲呢
五歲是什麼樣子
八歲算很大嗎
十八歲呢
我以後會長得怎麼樣
媽媽您這麼快長大
我怎麼這麼慢啊
我看時鐘的短針長針
都是停止的
我好想趕快長大啊
什麼
您問我長大以後要做什麼
我要去打壞人啊
我還要到金銀島上去找寶藏
最後，我要帶著我美麗的公主
騎馬回來

（二）我不要長大

媽媽，我不要長大
現在媽媽總在我身旁
我長大了
就要靠自己的肩膀
媽媽，好不好你總是抱著我
讓我不能長高長大
永遠都不離開我

我是你懷裡的小寶貝
伊伊呀呀學講話
而您的故事也是一遍又一遍
永遠也講不完
讓我永遠望著您慈愛的眼睛
靠著您溫暖的膀臂
就像是永遠幸福的居所
不怕外面的風風雨雨
我在這裡
是您永遠的小寶貝

大草原

綠色的大草原
是我的夢想
媽媽讓我跑
跑到最遠的地方
回頭看您變得好小好小

綠色的大草原
像是一張大地毯
我要在上面滾著玩
學狗狗學貓咪
這裡就是我的遊樂園

綠色的大草原
就是我的床
我要在這裡躺一躺
看天空看白雲
聽鳥兒嘰嘰喳喳響

暴龍 長頸龍 脊龍 三角龍

馬門溪龍 翼龍

我畫得出牠們所有的模樣

我背得出牠們所有的名字

我白天和牠們一起玩耍

晚上我的夢裡都是他們的影子

恐龍

我出生在侏儸紀

現在進入白堊紀

整個世界都是我的

沒有人類 沒有城市

沒有房子 沒有聲光

只有我和我的恐龍

我騎在牠們的背上到處奔馳

我看盡了海洋與陸地

我拜訪了森林與沙漠

這漫長的世代啊

我們過得多麼快活

現在的考古學家說

他們找到不少化石

其實那些都是我的好朋友

我可以一一一告訴你

牠們的故事

我自己就是一隻恐龍

媽媽，我跌倒了

媽媽，我跌倒了
我的頭我的腳
我全身上下
痛得不得了

媽媽一把把我抱起
貼著她的胸前
我感覺她的淚水
滴在我的臉上
她輕輕撫摸我的傷痕
為我上藥一遍又一遍

媽媽說，孩子啊！孩子
你好勇敢
媽媽以你為榮
你的傷痕會變成疤痕
閃爍著光榮
告訴所有人
你曾經跌倒
但是你得勝了
這就是成長的過程

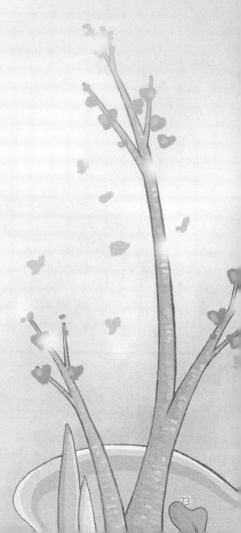

遊樂園

溜滑梯、盪鞦韆還有蹺蹺板
我聽見他們輕輕向我呼喚
叫我快來和他們一起玩
太陽好舒服又溫暖
我跑來跑去玩得開心
只是覺得時間好短
媽媽就叫我回家吃飯

我依依不捨向他們告別
約好明天再來玩
我常想
如果小孩不用吃飯
只需要玩
那有多好
我就每天從早到晚
都在這裡玩
溜滑梯、盪鞦韆還有蹺蹺板
玩個不停直到天黑

只是
我還是會想媽媽
天黑了
我想回到媽媽身邊
在媽媽懷裡聽故事
想像我的夢裡
還有一個好玩的遊樂園

背上書包
你該認識
這個世界了
這個屬於天父上帝的世界
原來你第一個會模仿聲音是旺旺
第一個會叫出名字的動物是鴨鴨
但不只這些
你會發現天父所創作的
何止千萬種

上學

這繽紛瑰麗的世界是為你所造
你躺下
會看見滿天的小星星
你跑步
會發現兩隻老虎跑得更快
你睡著了
會發現夢裡有白雪公主
還有那些說不完的故事
唱不完的兒歌
都帶你到這位天父面前
總有一天你會因著更認識祂
而忍不住讚美祂

找　動　物

請數數看下圖中，到底有幾種動物呢？

（＿＿＿＿）種。

戶外樂園

戶外玩耍真快樂！但是下面四張圖，有一張圖不是在戶外，你知道是哪一張嗎？請在圖片旁邊空格打勾。

85

花 之 綻 放

一個孩子的成長，有如一朵花之綻放。

我有三個孩子，我堅持自己帶他們長大。於是日子是這樣過的，一個月，兩個月。半年，十個月，日子在忙碌與奔跑中度過。帶孩子不是單調，而是比單調更單調，成日與尿布與奶粉為伍，日子總是按表操課。但是這樣的單調裡卻有全世界最了不起的豐富。你可以看見一個生命的成長，是那樣充滿驚喜與祝福。

孩子的一個笑容，喚醒你生命中最愉快的回憶。
孩子的一個擁抱，脫去你身心一切的疲憊。
孩子的第一個謝謝，幾乎要叫你流淚。
擁有孩子，親自養育他們，不是責任，不是工作，那簡直是與上帝合作最美的機會。這一生，我們讀書有時，工作有時，玩樂有時，但親眼目睹一個小生命的成長是天機之洩漏，是可遇不可求的美好時光。

從襁褓時期開始，在奶香裡你乳養一個孩子，他只會咿咿呀呀，嘴角扯動一點笑意，隨即消逝，你的臂彎是他的避風港，你在他的午睡裡享受一個為人母的快活。黃昏時夕陽的餘暉照進窗裡，你發覺你竟然久久注視著這個奇蹟，而禁不住流淚。

接著是「爬蟲類時期」來臨，他那雙肥肥胖胖的小手，執意要探索一切的未知。於是抓呀，摸呀，就直接往嘴裡送。他要用他的小嘴去認識這個世界。你的驚呼與尖叫總是不斷，摻雜著歡喜與害怕的，歡喜他的成長，害怕吃出意外來。

當孩子能直立起來走路，進入「靈長類時期」，

這又是另一番局面了。他們像大人一樣能夠走來走去了，這使他們覺得自豪，於是男生忙著模仿爸爸，女生則嬌裡嬌氣地學起媽媽穿高跟鞋。

一切進行得如此迅速，他們似乎是丟掉過去似地不斷地成長，他們的身體，他們的心智都在長大。對於眼前這個奇妙世界，他們充滿了好奇，一點一滴地，他們的眼界被開啟了，他們學習事物的能力總是叫大人驚奇，如同聖經所說：智慧與身量一起增長了。

這時，作為父母的，看著一個孩子從嬰兒到幼兒，那其間的改變不能說不大，昨天那個躺在搖籃裡的小寶貝，今天竟然有模有樣地辦起家家酒來，還學你講話。你不禁笑了，簡直不能相信那是同一個人。一個人的一生大概就是這初期的幾年之間改

變最大吧。一個大人，幾年之間可能都沒有改變。但一個孩子的改變，是天壤之別。

就像是一朵花吧，初時是一個花苞，嫩嫩的，怯生生的，但漸漸地，在陽光下，花瓣一葉葉地綻放了，其色澤模樣與起初竟是完全不同的，更美了，更成熟了。

當我非常疲累時，我就想著這樣的畫面，我的三個孩子，就是三朵花，他們在天父的保守與疼惜裡，一天一天地長大了。夜深人靜，我每有這樣的嘆息，是感恩的嘆息，是在上帝面前深深的一鞠躬。

寶 貝 王 國 的 王 后

我想我帶的是一支軍隊，一支敲鑼打鼓的軍隊，他們永遠高唱凱歌，永遠懷著打不倒的信心，相信自己永遠打勝仗！

我的孩子們，他們是三胞胎！我從沒有小孩，生產線上掛零，到一下子飆高，增產「爆」國，我自己，說實在的，有時還覺得不可思議，像是在作一場夢。

出門，是一個好長的隊伍，必須「前呼後擁」。上廁所，每個馬桶上都有人，「此起彼落」。就寢前，小便，刷牙，更衣，上床，有如在打世界大戰，一關燈，立刻一片死寂。

有人說，三胞胎的家裡永遠像是開PARTY，我想這形容還不夠，三胞胎的家，是一串流水席，是一座動物園，是一個歌舞團，是一所小學，是知識的大廳堂，是玩耍的遊戲場。

有人問我，帶三胞胎有何感想？我想說的是，我很想回到懷孕的時候。那時，我可以把她們三個都裝在肚子裡，走到哪裡，就帶到哪裡，一點也不困難。我吃飯，他們也吃飯；我睡覺，他們也睡覺。不需要保母，不需要餵飯，更不需要哄睡，一切都在上帝設計的子宮裡搞定了。

一旦他們生出來，就是三個小人兒，三個小小獨立個體了，別說我無法雙手捧三人，他們拚命喝奶的結果是他們越來越重，漸漸地，我抱一個已經吃不消，何況要抱三個，那簡直是不可能的任務！

但孩子就是要找媽媽，這是沒辦法的事！最記得他們才三、四個月大，一日，不知為何，三個人都要搶媽媽，我抱了這個，那個哭，抱了那個嘛，還有另一個在哭！家裡三個小嬰兒的哭聲幾乎要把屋頂給掀了！最後是我躺下來，讓他們每一個人都靠著我的身體，他們只要靠著，不論是哪一個部位，臂彎、腋窩、大腿，哪裡都行！因為那是媽媽，就像是一個安全的港灣，讓他們的小船可以停泊在那裡。這樣，哭聲才止住了！為此，我還拍了照片以資佐證。

當然了，這種被需要的感覺很好，雖然常常有焦頭爛

額的感覺，但我終於明白嬰兒就是要媽媽，媽媽和她的小嬰兒之間有一條神祕而隱形的繩索，一般人看不見，只有媽媽知道，媽媽的心腸肺腑都被牽扯著，不論她走到哪裡，她永遠也無法忘記她的小寶貝，這種牽扯是惱人的，但絕對也是甜蜜的。

擁有三個孩子，使我的生活忙碌而緊張，擁有最少的睡眠，卻懷抱最多的喜悅；擁有最少的自由，卻享有無上的滿足；幾乎足不出戶，但世界上的千山萬水都在我的心裡。

我當過老師，教學生的經驗使我驚豔，我從不知道一個老師竟擁有如此大的特權與能力，足以雕塑一個尚未成形的孩子，我怎麼講，他們就怎麼信；我怎麼教，他們就怎麼學。因此，我當時就立下了一個不大不小的志願：如果有一天，我自己有了孩子，我就要好好教導他們，讓我們的家成為一個大教室，讓我的孩子能優游在知識的殿堂裡，學習對他們而言，是快樂的，是新奇的；寫功課是發現自己的能力，證明自己的天分！

如今，我真的有了孩子，而且是三個，三人成眾，他們自成一個小班，我便可以進行我當初偉大的計畫了。

於是，對他們而言，我是媽媽，我是廚師，我是護士，我是設計師，我是玩伴，我更是老師，導覽他們認識這個世界，教導他們人生的道理，塑造他們的性格，幫助他們走上光明的大道。

有一首很可愛的英文童謠，作者是喬治庫波（George Cooper），其歌詞如下：

「到寶貝王國去，到底有多遠呢？任誰都知道，往上一跳，往右一靠，敲敲門就知道。」

「誰是寶貝王國的王后呢？當然是寶貝們的媽媽了，她是那麼親切而甜蜜，她的愛，是從上帝來的，帶領著小寶貝的腳步，向前走。」

我期待我是這樣的一個母親，懷著甜蜜的愛，帶領孩子們的腳步，走向他們的人生，走向愛他們的上帝。

作 為 一 個 母 親

　　作為一個母親，我們是上帝的代言人，如同大愛牧者一般，我們向孩子指出何處是溪水旁、青草地。我們指教他們如何禱告，我們甚至扮演仲介的角色，好接通上帝與他們之間的連線，終其一生，孩子們會記得，他們除了擁有這個世界的親人之外，他們還有一位了不起的天父，那位天父以不變的愛在愛著他們，而且祂隨時隨刻看顧他們。

　　作為一個母親，我們是孩子們認識宇宙的導師，我們指教他們認識天上的星辰，那是織女座，那是射手座，九大行星如何排列，日月如何交替，流星如何迷人，日蝕與月蝕到底是怎麼一回事。當一雙雙明亮的小眼睛往上望時，上帝瑰麗的創造就向他們開啟了，他們將以驚呼回應妳的導引，並以感恩獻上讚美。

　　作為一個母親，我們的一舉一動都映在孩子們的眼裡，他們是那麼崇拜妳，那麼注意妳，他們的夢想就是長大了以後要學像妳。所以如果我們是乖張的，他們就是乖張的；如果我們是溫柔的，他們就是溫柔的；如果我們喜歡讀書，他們就喜歡成天捧著書指指點點地；如果我們酷愛音樂，他們也就會隨時哼上兩段。這一切只因為親情是一面鏡子，他們就是我們映出的影子。

　　作為一個母親，孩子們所有的第一次，我們都有幸參與。第一次觸摸含羞草，第一次在雨中行走，第一

次在陽光裡舞弄自己的影子。這一切是這麼的新鮮，妳會禁不住想，上帝必然因著孩子的快樂而會心的笑了。而居於上帝與孩子之中的母親呢，就像是個藝術鑑賞家似的，多麼喜歡向人推薦這種無上的美感享受。

作為一個母親，我們很難忘記孩子在你肚子裡孕育的神蹟。我們經歷了上帝的智慧與巧工。這個小生命啊，竟然能從一個受精卵，準確地發展分化成為一個健全的個體，有完美的血管、皮膚、手腳、頭腦、心臟、絕對獨一無二的指紋、酷似妳與另一半的五官。這一切都在上帝的掌控中進行，靜悄悄地，卻隨時準備發出最大的巨響，在妳的天地裡，在這個世界上，一個了不起的人就要誕生了。

作為一個母親，我們絕對有權柄決定：我們究竟是帶給孩子祝福，還是咒詛？他們的一生上帝交給妳來著色，是灰色大地還是彩色世界，都在妳一念之間。

把握上帝的特權，珍惜妳的孩子，就這麼一次，倚靠上帝來完成妳的使命，使他們快樂，使他們成材，使他們頂天立地，成為上帝手中的器皿，使他們的生命榮耀創造他們的上帝。

touch系列013

太陽長腳了嗎? 給寶貝的第一本童詩繪本

作　　者：黃友玲
繪　　者：黃崑育
責任編輯：馮真理
美術設計：郭秀佩

發 行 人：鄭超睿
出版發行：主流出版有限公司 Lordway Publishing Co. Ltd.
出 版 部：台北市南京東路五段123巷4弄24號2樓
發 行 部：宜蘭縣宜蘭市縣民大道二段876號
電　　話：(03) 937-1001
傳　　真：(03) 937-1007
電子信箱：lord.way@msa.hinet.net
郵撥帳號：50027271
網　　址：http://mypaper.pchome.com.tw/news/lordway/

經　　銷：
紅螞蟻圖書有限公司
台北市內湖區舊宗路二段121巷19號
電話：(02) 2795-3656　傳真：(02) 2795-4100

以琳發展有限公司
香港九龍灣啟祥道22號開達大廈7樓A室
電話：(852) 2838-6652　傳真：(852) 2838-7970

財團法人基督教以琳書房
台北市忠孝東路四段210號B1
電話：(02) 2777-2560　傳真：(02) 2711-1641

2017年5月　初版1刷
書號：L1703　著作權所有 翻印必究
Printed in Taiwan

國家圖書館出版品預行編目(CIP)資料

太陽長腳了嗎? 給寶貝的第一本童詩繪本 /
黃友玲文；黃崑育圖. -- 初版. --
臺北市：主流, 2017.05
96面；19×26公分. -- (touch系列；13)
ISBN 978-986-92850-7-0 (平裝)

859.8　　　　　　　　　106006035